Tricsi a Dicsi

Yn gyflwynedig i
Gylch Darllen Clochdar

Cyhoeddwyd gan Wasg y Dref Wen,
28 Ffordd yr Eglwys,
Yr Eglwys Newydd, Caerdydd CF14 2EA
Ffôn 029 20617860

Cyhoeddwyd gyda chymorth ariannol Cyngor Llyfrau Cymru.

Argraffwyd ym Mhrydain.

Tricsi a Dicsi

Gwyn Morgan
Lluniau gan Dai Owen

DREF WEN

Y flwyddyn cynt

Onid yw pobl yn od?

Sharon Llewelyn ydw i a dyma fy nyddiadur am yr wythnos dreuliodd Owa Dicsi a Bopa Tricsi 'da ni eleni yng Nghaerdydd. (Chredech chi ddim y pethau twp maen nhw'n dweud ac yn gwneud.) Pwy fagith deulu? Beth bynnag – dyma fy nyddiadur o holl gyffro Tricsi a Dicsi yn ymweld â ni. Doedd dim posib cofnodi popeth. Dyma'r uchafbwyntiau beth bynnag. Mwynhewch!

Canodd y ffôn

"Bopa Tricsi!" meddwn i wrth Dad. "Mae hi ar y ffôn."

Rhewodd Dad yn y fan a'r lle. Roedd e yn ei ran e o'r ardd yn ymarfer ioga. Oes, mae gardd 'da Dad a gardd 'da Mam. Esboniaf i wedyn.

Roedd hi'n bedwar o'r gloch yma ac yn wyth o'r gloch yn Tecsas yn yr U.S of A.

Roedd hi'n bnawn Sul tawel – y gwenyn yn murmur a'r haul yn gwenu. Clywson ni'n dwy sgrech fawr. Rhedodd Mam o'r lolfa i mewn i'w hanner hi o'r ardd.

Bopa Tricsi: Dw i'n dod! Yr holl ffordd o Decsas i Walia Wen am wythnos flwyddyn nesaf.

Mam: Beth? (yn sgrechian).

Bopa: Mae Dicsi a fi wedi bwcio i ddod i aros gyda chi am wythnos y flwyddyn nesaf.

"Mae Bopa Tricsi ac Owa Dicsi yn ymweld â ni flwyddyn nesaf!" ailadroddodd Mam yn ei hanner gardd hi.

Caeodd Dad ei lygaid. Suddodd i grombil y blodau. Braidd roedd Dad wedi dod dros ymweliad diwethaf Bopa ac Owa â ni ddwy flynedd yn ôl.

Gwenais i. Ro'n i'n hapus bod Mam yn cael gweld ei chwaer unwaith eto ond yn cydymdeimlo â Dad am fod Bopa ac Owa yn gallu bod yn llond llaw.

Neidiodd Mam yn y fan a'r lle.

Bopa: Ydyn nhw wedi gwirioni?

("Y nhw" ydy Dad a fi.)

Mam: Ydyn, maen nhw wedi gwirioni'n lân, meddai hi ychydig yn gelwyddog.

Dododd Mam y ffôn yn ôl yn ei grud.

"Bydd yn rhaid inni ddechrau paratoi," meddai Mam. "Peintio'r tŷ, cymoni'r ardd, matres newydd ar eu gwely …"

"Ond mae blwyddyn 'da ni hyd hynny," meddai Dad.

"Am faint maen nhw'n dod?" gofynnais i.

"Am wythnos lawn," atebodd Mam. "Dw i'n edrych ymlaen yn fawr. Dere Terry, dere inni gael mynd lawr i Tesco a dweud wrth bawb bod Tricsi a Dicsi yn dod."

Pwy ydyn ni?

Dyma Mam a Dad – Terry a Linda Llywelyn.

Dyma Owa Dicsi Rollercoaster o Decsas a dyma chwaer Mam, gwraig Dicsi – Tricsi Rollercoaster.

Owa yw Dicsi a Bopa yw Tricsi.

Aeth Tricsi o fan hyn i America pan oedd hi'n ifancach a phriododd â Dicsi.

Y ddwy ardd

Roedd gardd Mam yn lawnt berffaith gyda blodau perffaith – heb yr un chwynnyn ynddi o gwbl. Roedd drychau fan hyn, fan draw, yn union fel roedd y cylchgronau yn ei ddangos. Roedd y perthi wedi eu tocio yn berffaith – rhai mewn siâp ceiliog ac eraill mewn siâp anifeiliaid anwes. Ond roedd hanner arall yr ardd yn perthyn i Dad ac roedd honno yn wyllt fel jyngl. Roedd pwll bach yno, tai adar, tŷ pryfed a phob math o bethau i ddenu anifeiliaid ac adar i ymweld â'r lle. Tyfai ysgall, blodau'r grug a blodau'r maes yno.

Deg … naw … wyth … saith …

Roedd Mam yn paratoi amserlen y mis i Dad ac arno'r gwaith roedd yn rhai iddo'i gyflawni.

Gorffennaf – Paentiodd Dad y tu allan i'r tŷ. Bu raid iddo brynu ysgolion newydd gan fod yr hen rai wedi pydru yn y garej. Gwyliodd Mam e'n paentio fel llygad barcud, gan dynnu ei sylw at y darnau roedd Dad heb eu paentio.

Awst – Paentiodd Dad y stafell sbâr – stafell Owa Dicsi a Bopa Tricsi.

"Dim ond y gorau i'n Tricsi ni," meddai Mam. "Cofia hynny, Terry."

Medi – Prynodd Mam garped newydd i stafell sbâr Owa a Bopa. Gosododd Dad y carped yr ail waith am iddo ddod o hyd i dwmpyn ar y llawr. Lenni'r crwban oedd y twmpyn.

Hydref – Prynodd Mam bapur wal newydd i addurno stafell Owa a Bopa. "Dw i ddim eisiau lympiau yn y papur!" rhybuddiodd Mam. "Dim

ond y gorau i fy chwaer."

Tachwedd – Prynodd Mam soffa newydd a dwy gadair ychwanegol i'r lolfa o Ikea. Treuliodd Dad wythnos gyfan yn ceisio eu gosod pan sylweddolodd nad oedd pob darn ganddo yn y pecyn.

Rhagfyr – Prynodd Mam baent a fyddai'n berffaith ar wal eu hystafell wely. Paentiodd Dad yr ystafell wely.

"Paid anghofio paentio'r borderi hefyd," meddai Mam. "Dw i eisiau'r rheini'n streipiau du a gwyn."

Ionawr – Doedd y carped ar y grisiau ddim byd tebyg i'r papur wal. Prynodd Mam garped newydd ac roedd yn rhaid i Dad ei ailosod.

Chwefror – Aeth Mam a Dad ar eu gwyliau i Sir Benfro i asesu mannau a fyddai o ddiddordeb i Dicsi a Tricsi yn yr haf. Ffansïodd Mam lenni yno i fynd yn stafell wely Owa a Bopa. Aethon nhw

â'r llenni yn ôl ymhen wythnos am nad oedden nhw'n debyg i liw'r carped.

Mawrth – Roedd Mam yn dechrau cynhyrfu. Dim ond tri mis i fynd. Roedd eisiau teledu lloeren newydd yn stafell Owa a Bopa. "Man a man cael teledu newydd i ni hefyd," meddai hi.

Ebrill – Prynodd Mam wely crog yr un i Owa a Bopa yn Ikea. "Darllen y cyfarwyddiadau yn gywir y tro yma, Terry," rhybuddiodd Mam.

Mai – "Dim ond mis i fynd," meddai Mam yn gynhyrfus. "Mae eisiau ailbaentio'r tŷ," meddai. "Mae'r lliw wedi pylu dros y gaeaf."

Mehefin – Doedd Mam ddim yn hoffi lliw'r papur wal yn stafell Bopa ac Owa. Bu raid i Dad ailbapuro'r stafell unwaith eto.

Tridiau cyn yr ymweliad

Roedd Mam wedi'i chynhyrfu'n lân.

Roedd hi wedi bod yn poeni'n ormodol.

"Dwyt ti ddim wedi gwneud dim," meddai wrth Dad.

Roedd Dad wrthi'n gwneud ei ioga ar y pryd ac yn sefyll ar ei ben yn y lolfa.

"Beth?" gofynnodd Dad.

"Chlywaist ti fi?" gofynnodd Mam yn ddagreuol. "Dw i ddim wedi stopio ers deg y bore yma."

"Dim ond hanner awr wedi deg ydy hi nawr," meddai Dad.

"Fi sy'n gwneud popeth yn y tŷ 'ma," meddai Mam. "Dwyt ti ddim yn fodlon symud dy fys bach i helpu."

"Beth wyt ti eisiau imi wneud?" gofynnodd Dad yn syn.

"Mae'r ffenestri yna'n fochedd a sneb wedi glanhau'r cwteri ers oes pys," meddai Mam.

Ebychodd Dad.

"Alla i helpu, Dad?" gofynnais.

Gwenodd Dad yn wanllyd.

Doedd dim siarad rhwng Mam a Dad am awr gyfan.

Dydd Iau

Dad oedd eisiau codi Bopa ac Owa o Faes Awyr Caerdydd ond mynnodd y ddau gymryd tacsi.

"I'ch safio chi rhag dod i lawr i'n nôl ni," meddai Owa.

"Chwarae teg iddyn nhw," meddai Mam. "Pobl clên ydy Tricsi a Dicsi."

Roedd hi, Mam, wedi bod yn y ffenest drwy'r bore. Roedd hi'n wyliau haf a'r glaw yn pistyllio.

Roedd yr awyren i fod i lanio erbyn hanner awr wedi wyth.

"Awr a hanner arall a byddan nhw yma," meddai Mam yn gynhyrfus iawn.

Y cyrraedd

"Dyma nhw!" sgrechiodd Mam. "Mae'r tacsi wedi cyrraedd."

"*The eagle has landed*," meddai Dad yn ddiflas.

"Cer i'w helpu nhw a'u cesys, Terry," meddai Mam. "Dere! Brysia!"

Roedd Mam a Tricsi yn anwesu ei gilydd a Dicsi yn ymgiprys gyda'r bagiau ym mŵt y car ac ar do'r car a'r treler y tu ôl i'r tacsi.

"Faint maen nhw'n mynd i aros?" gofynnodd Dad i mi.

Llwyddodd Dad lusgo'r bagiau anferth i mewn i'r tŷ.

Roedd Dicsi wedi ymlâdd yn llwyr.

"Dw i wedi blino'n lân" cwynodd Owa. "Fedra i ddim symud na llaw na throed."

"Tala'r dyn tacsi, Terry," gorchmynodd Mam.

"Beth?" gofynnodd Dad.

"Nid dyma'r amser i ddadlau, Terry," meddai Mam yn grac. "Mae Tricsi a Dicsi wedi teithio'r holl ffordd o America i fod gyda ni. Tair awr ar ddeg maen nhw wedi bod yn yr awyr. Dyna'r peth lleiaf allet ti wneud."

(Dydy Dad ddim yn hoffi gwario arian ac mae Mam yn hoff iawn o'i wario).

"Sdim sterling 'da fi i dalu," ymddiheurodd Terry.

"Dere fan hyn, Sharon," gorchmynnodd Bopa.

Talodd Dad a ches i gwtsh mawr 'da Tricsi a chusan fawr goch ar fy nhalcen.

"Paid anghofio'r tip hefyd," meddai Owa. "Ry'n ni wastad yn rhoi tip i'r gyrrwr yn America."

Tynnodd Dad bum punt arall allan o'i waled.

"Dewch i mewn," meddai Mam. "Terry, cer â'r bagiau 'ma i gyd lan llofft."

*

16

Sgrechiodd Bopa pan welodd hi'r tŷ teras yn Nhreadda, Caerdydd.

(Dydyn ni ddim yn ei alw'n Adamstown. Mae Treadda'n swnio'n well.)

Roedd Bopa'n gynllunydd tai – *interior and exterior designer.* Hi rhoddodd y byg i Mam i gael popeth yn berffaith yn y tŷ ac yn ei hanner hi o'r ardd.

"Wel rwyt ti wedi gweithio'n galed ar y tŷ 'ma ers imi fod 'da chi," meddai Tricsi. "Mae e'n berffaith."

Perffaith oedd hoff air Bopa ac Owa.

Tra oedd Dad yn cario'r bagiau trwm i fyny'r grisiau roedd Mam yn agor y siampên.

"Beth am ddathlu eich ymweliad gydag ychydig o'r gwin drud yma?" gofynnodd Mam.

Chwarddodd pawb ond Dad.

Ar ôl cinio cysgodd Bopa ac Owa a'u cegau'n agored ar y soffa newydd.

Pan glywodd Bopa Parry drws nesaf yr holl sŵn roedd yn rhaid iddi ddod i mewn i weld Owa a Bopa.

(Mae Bopa Parry'n gwisgo het sy' byth yn syth ar ei phen. Mae trwyn mawr, pigog gydag ychydig o flew oddi tano 'da hi.) Cwynodd hi am y tywydd.

Dydd Gwener

"Chwe diwrnod ar ôl," meddai Dad.

Chwinciais i.

Roedd Mam wedi trefnu parti mawr yn y Stiwt i groesawu Bopa ac Owa. Byddai pawb yno.

"Hi! Ha!," meddai Owa.

"Hi! Ha!" meddai Bopa yn ei llopanau o Sax Fifth Avenue.

"Bydd y perthnasau, ffrindiau a chymdogion i gyd yno i'ch croesawu chi," meddai Mam. "Bydd hi fel Picnic y Tair Arth."

"*Three line whip*," sibrydodd Dad.

"Beth oedd hynny, Terry?" gofynnodd Mam.

"Dim, fy nghariad," atebodd Dad.

Gwgodd Mam ar Dad. Roedd e'n gallu dweud

y pethau mwyaf doniol weithiau. Doedd Mam, gwaetha'r modd, ddim yn gweld dim byd doniol yn nywediadau dad.

Ymlaciodd Bopa ac Owa yn yr ardd drwy'r dydd – un ar wely crog a'r llall ar yr hamddenwr. Roedden nhw'n ymlacio dan ymbarelau yn y glaw mân.

"Mae eisiau ichi gael gwared ar y jet lag ofnadwy," meddai Mam. "A'r unig ffordd i chi wneud hynny yw ymlacio yn yr haul."

"Hi-ha!" meddai Bopa. "Perffaith!"

"Hi-ha!" meddai Owa. "Perffeithrwydd!"

Pan oedd Owa yn rhochian yn dawel yn ei wely roedd Bopa Tricsi yn cerdded o gwmpas yn archwilio'r ardd.

(Dydy hi ddim yn hoffi byd natur. Dydy hi ddim yn gweld dim o werth yn hanner Dad o'r ardd.)

"Mae llawer o wenyn 'da chi," meddai Bopa yn ddilornus.

"Ble fyddwn ni heb y gwenyn?" gofynnodd Dad. "Maen nhw'n holl bwysig i ffrwythloni'r planhigion."

Clywson ni sblwtsh mawr.

Sgrechiodd Bopa. Dihunodd Owa.

"Aaaa!" rhuodd hi. "Mae aderyn wedi glawio ei faw arna i."

"Terry!" sgrechiodd Mam. "Dy fai di yw hyn."

"Fy mai i?" gofynnodd Dad yn syn.

"Ti sy'n denu'r blincin adar yma yn y lle cyntaf," meddai Mam.

Sgrechiodd Bopa eto.

"Gwnewch rywbeth er mwyn dyn!" rhuodd Bopa. "Mae fy nhop McCartney wedi'i faeddu'n llwyr!"

Roedd twmpyn mawr o faw adar gwyn wedi syrthio ar ben Bopa ac roedd hi'n drewi.

"Af i nôl clwtyn," meddai Mam wrth Bopa.

"Bydd eisiau mwy na chlwtyn," meddai Owa. "Bydd eisiau tywel."

Sgrechiodd Bopa eto.

"Mae'r baw yma'n ddrewllyd iawn!" meddai hi. "Os aiff hwn ar fy nhrowsus Next bydd hi ar ben arna' i."

Daeth Owa Bili, sy'n naw deg oed, ar ei gerbyd anabl i ymweld â ni. Roedd e'n gallu sefyll ar ei ben a chanu "Mi welais Jac yn do," ar ei organ geg.

Am chwech o'r gloch y nos roedd pawb yn aros am Bopa ac Owa i ddod i'r Stiwt. Roedd y lolfa yn ddu fel bol buwch. Yna cerddodd y ddau i mewn i'r lolfa. Cyneuodd Dad y goleuadau.

"Croeso 'nôl!" gwaeddodd pawb yn uchel.

Roedd modrybedd, ewythrod, cefndryd, nithoedd, cymdogion, ffrindiau ysgol a dieithriaid oedd eisiau gweld beth oedd yn digwydd yno. Roedd y Stiwt dan ei sang.

"Wedi dod am y bwyd mae hanner ohonyn nhw," meddai Dad.

Gwgodd Mam ar Dad.

Gwisgodd Bopa ac Owa fel dau gowboi o Decsas. Roedd het deg galwyn gan y naill a'r llall ac esgidiau hirion hyd at eu pengliniau.

"Hi ha!" gwaeddodd Owa.

"Hi ha!" gwaeddodd Bopa.

Roedd Mam yn ei dagrau wrth gyflwyno Bopa ac Owa i'r perthnasau. (Doedd hi ddim yn cofio enwau pawb.) Wylodd Tricsi yn hidl wrth gwrdd â'i hen ffrindiau ysgol.

"Cofia dalu am y bwyd, Terry," meddai Mam ar ddiwedd y noson.

"Dyw rhai o'r teulu ddim wedi bwyta cymaint ers streic diwethaf y glowyr," meddai Dad yn gellweirus.

22

Cafodd Owa noson lwyddiannus iawn yn cyflwyno pawb i *line dancing*. Roedd pawb ar ben eu digon. Roedd y perthnasau, o'r ieuengaf i'r hynaf, wrth eu bodd yn copïo Dicsi ac roedd Tricsi yn falch iawn ohono.

"Chafodd neb noson gwell," meddai Mam ar y soffa yn hwyrach.

Roedd Dad erbyn hyn yn ei wely ac wedi blino'n lân ar ôl gweini bwyd i gymaint o bobl yn ystod y noson.

Ro'n i wedi helpu hyd nes i Byron Patterstone ddamsgan ar fy nhraed ac es i eistedd ar bwys Mam-gu. Doedd hi ddim mewn hwyliau da am fod pawb yn cael hwyl. Dyw hi ddim yn hoffi llawer o hwyl. Ond dyna fe, mae rhai yn hoffi bod yn ddiflas, on'd ydyn nhw?

Dydd Sadwrn

"Pum diwrnod ar ôl," sibrydodd Dad wrth olchi llestri'r noson gynt.

Aeth Dad a fi draw i'r Stiwt i glirio tra oedd Mam a'r ymwelwyr yn cael awr fach arall yn y gwely.

Cafodd Owa frecwast llawn unwaith eto – wy,

cig moch, selsig, madarch, pwdin du, bara saim, ffa pob, hash brown a thost yn ogystal ag uwd.

Cafodd gacennau cwstard wedyn ar ôl iddo lowcio'i frecwast.

"Ble mae e'n rhoi'r bwyd i gyd?" gofynnodd Dad yn dawel.

Roedd Owa a Bopa wedi llwyr wella o'u teithio blin.

"Beth wnawn ni heddiw?" gofynnodd Tricsi oedd yn gwisgo ei het Marks a Spencer.

(Mae Mam a Bopa'n dwlu siopa yn Marks a Spencer.)

"Beth am dro i Fro Gŵyr?" gofynnodd Mam. "Dyw Dicsi ddim wedi gweld un o drysorau tirweddol Cymru."

"Dyw e ddim wedi gweld Pen y Mwydyn na Thraeth Hir Rhosili chwaith," meddwn i.

"Hi-ha!" meddai Bopa. "Perffaith!"

"Hi-ha!" meddai Owa. "Campus!"

"Bydda i'n ddigon hapus i aros adre," meddai Dad yn obeithiol.

"Nonsens!" meddai Bopa. "Mae digon o le yn y car i'r pump ohonon ni. Hi! Ha!"

Gwisgodd pawb helmed wrth i Dad yrru i Fro Gŵyr.

Ar y ffordd i Rosili roedd arwyddion clir a mawr yn hysbysebu:

DIWRNOD AGORED GLEIDWYR LLAW

"Waw!" meddai Bopa.

"Hi! Ha!" meddai Owa. "Americanwyr yw'r gorau am gleidio llaw."

"Gall fod yn beryglus!" meddai Dad.

"Nonsens!" meddai Bopa. "Does dim perygl o gwbl mewn gleidio llaw. Mae'n hollol syml."

Pan gyrhaeddon ni Fryn Rhosili roedd tyrfa o bobl yn gwylio arddangosfa o gleidwyr llaw gan arbenigwyr y gamp. Roedden nhw fel ieir fach yr haf yn hofran yn yr awyr.

"Mae'n edrych mor ddiymdrech!" meddai Mam wrth lygadu cyhyrau'r arbenigwyr.

Roedd gweld y gleidwyr profiadol yn arnofio ar thermau ac awelon y môr yn rhyfeddod.

Cynigiodd y cyflwynydd i un person hedfan gydag arbenigwr ar ei gleidiwr llaw.

"Fi! Fi!" meddai Owa yn frwd.

"Rhowch gymeradwyaeth i'n cyfaill o America," meddai'r cyflwynydd.

Roedd Owa i fynd ar gefn y peiriant gyda'r arweinydd yn llywio.

"Does dim eisiau neb i arwain arna i," meddai Dicsi.

Rhuthrodd Owa a chymryd y peiriant a rhedeg i lawr y mynydd nerth ei draed ar ei ben ei hun.

"Naaaaaaaaaaa!" gwaeddodd yr arbenigwyr fel un dyn.

"Naaaaaaaaaaa!" gwaeddodd y dyrfa.

"Naaaaaaaaaaaa!" gwaeddodd Bopa.

Ond roedd hi'n rhy hwyr. Roedd Owa Dicsi yn yr awyr ac yn hwylio draw tuag at America.

"Sut mae troi'r peiriant yma?" sgrechiodd Owa ar dop ei lais.

Daeth gwylwyr y glannau o hyd i Owa yn nofio yn ôl i'r lan rhyw hanner awr yn hwyrach. Roedd y peiriant hedfan wedi suddo i waelod y môr.

"Dy fai dy ydy hyn i gyd," meddai Mam wrth Dad.

Gorfu Dad ad-dalu'r gleidwyr llaw am golli'r peiriant.

*

Clywodd Mrs Puw-Parry am helynt Owa ar y teledu a daeth hi i lawr i weld sut oedd e. Roedd hi'n gallu canu 'Sosban Fach' wrth daro ei bochau gyda'i bysedd.

Dydd Sul

"Pedwar diwrnod ar ôl!" meddai Dad.

"Sut mae Owa Dicsi?" gofynnais i.

"Mae e'n gwella, diolch yn fawr," atebodd Bopa.

Roedd paced o bys rhewllyd ar ben Dicsi yn ei wely. Roedd tymheredd uchel 'da fe.

Ond fe lwyddodd i fwyta brecwast llawn roedd Mam wedi ei baratoi ar ei gyfer.

"Salad i ginio!" meddai Mam.

"Campus!" meddai Owa yn dawel.

"Hi Ha!" meddai Bopa.

Ond cyrhaeddodd Maelgwn ap Siencyn, golygydd papur bro Tre Adda.

"Eisiau llun o'ch modryb ac ewyrth," meddai e.

Gallai Maelgwyn enwi pob prifddinas yn y byd yn nhrefn yr wyddor. Gymrodd e tri deg un munud cyfan i'w hadrodd.

Casglodd Mam, Bopa Tricsi a fi letys, betys, shibwns, tomatos, tatws bychain a chiwcymerau o'r ardd.

"Ych a fi!" meddai Bopa. "Mae malwod bychain di-ri ar y letys."

"Golchiad bach dan y tap a bydd y malwod wedi hen fynd," meddai Dad.

Doedd Bopa ddim mor siŵr.

Doedd Owa ddim mor siŵr chwaith.

"Cinio!" bloeddiodd Mam.

Chlywais i ddim "Hi! Ha!" na chwaith "Perffaith" oddi wrth Bopa neu Owa.

"Mae popeth ry'n ni'n bwyta yn dod o'r ardd," meddai Dad yn falch iawn o'i hunan.

Llysieuwr ydy Dad ac fe fwytaodd ei fwyd yn awchus. Bwyteais i fy mwyd yn awchus. Bwytaodd Mam ei bwyd yn awchus. Ond roedd llygaid Bopa ac Owa ar y salad. Trodd y ddau y letys a'r ciwcymbr sawl gwaith yn yr awyr cyn eu bwyta. Roedden ni wedi hen orffen ar ein bwyd tra oedd Bopa ac Owa yn dal i chwilio'r salad am falwod a chreaduriaid eraill.

"Rhywbeth yn bod?" gofynnodd Mam.

"Dim!" atebodd Owa.

"Dim-didl-dim!" meddai Bopa yn ddrwgdybus.

Roedd hi'n amser i ymweld â Horwth Huws a oedd newydd ddod allan o'r carchar am rywbeth neu'i gilydd. Gwisgai wallt Mohicanaidd ar ei ben. Roedd ganddo luniau o wahanol bobl ar ei gorff a thrwy dynnu a llacio ei gyhyrau gallai wneud iddyn nhw ddawnsio.

Dydd Llun

Roedd Dad yn ei blyg yn y tŷ gwydr yn cynnal myfyrdod.

"Tridiau ar ôl," meddai Dad yn serchus.

Roedd Owa wedi llwyr wella erbyn hyn ac roedd sŵn y cig moch a'r selsig yn ffrio yn ei alw i fwrdd y gegin.

"Does dim fel arogl cig moch," meddai Owa.

"Pwdin du hefyd, Dicsi?" gofynnodd Mam.

"Rwyt ti'n gwybod sut mae plesio dyn o Decsas on'd wyt?" gofynnodd Owa.

Roedd Bopa yn ei gŵn nos Laura Ashley.

"Roedd hi'n andros o dwym yn y gwely neithiwr," meddai hi. "Oes modd inni droi'r peiriant tymheru awyr ymlaen?"

Doedd Mam ddim yn deall.

Cyrhaeddodd Dad.

"Oes *Air Conditioning* 'da ni, Terry?" gofynnodd Mam.

"Oes," atebodd Dad.

Dangosodd Dad y ffan llaw i Bopa ac Owa.

"Sdim peiriant tymheru awyr 'da chi?" gofynnodd Bopa. "Mae peiriant tymheru awyr gyda phawb yn America."

Yn sydyn sgrechiodd Mam.

"Mae e yma!"

"Yma?" atebodd Dad. "Fe?"

"Drychwch!" sgrechiodd Mam eto.

Ymddangosodd cerbyd y tu allan i'r tŷ.

"Beth yn y byd?" gofynnodd Dad.

"Syrpreis! Syrpreis!" sgrechiodd Mam. "Dw i wedi llogi cerbyd gwersylla inni gael mwynhau noson gyda'n gilydd yn Sir Benfro."

"Hi-ha!" meddai Owa.

"Campus!" meddai Bopa.

Suddodd calon Dad i lawr i'w esgidiau unwaith eto.

"Dw i'n ddigon hapus i aros adre i ddyfrhau'r planhigion," meddai Dad yn obeithiol.

"Nonsens," atebodd Mam. "Rwyt ti'n dod, Terry."

"Dere, Dad," meddwn i. "Rwyt ti'n hoffi gwylio adar y môr yn fawr iawn."

"Dim ond lle i bedwar sydd yn y fan, felly bydd yn rhaid iti gysgu mewn pabell," meddai Mam wrth Dad. "Sdim ots 'da ti?"

"Mewn pabell?" gofynnodd Dad yn syn.

Roedden ni ar ein ffordd i Benfro ar ôl brecwast. Dad oedd yn gyrru a mynnodd Owa a Bopa chwarae caneuon gwlad ar y CD yr holl ffordd lawr. Gwisgodd pawb eu helmedau unwaith eto.

(Dydy Dad ddim yn hoffi canu gwlad.)

"*Stand by your man*," llefodd Bopa a'i llygaid yn llaith.

Roedd hi wedi newid i'w jîns Levi newydd sbon danlli.

Ar ôl i Dad osod y cerbyd gwersylla a'i babell yn eu lle yn y maes carafannau aethon ni am dro ar hyd llynnoedd lili Bosherston a chyrraedd Traeth Mawr. Dad gariodd yr holl fwydydd i lawr yn ei fag ysgwydd. (Roedd cefn Owa yn ei boeni'n fawr.) Roedd hi'n boeth ar y traeth a bu raid i

36

Bopa ac Owa ddianc rhag yr haul. Aeth y ddau i mewn i gysgodi mewn ogof.

"Gwyliwch y llanw, mae'n dwyllodrus iawn yn y mannau yma," rhybuddiodd Dad.

"Peidiwch â becso amdanon ni," meddai Owa. "Ry'n ni'r Americanwyr yn gwybod am lanw a thrai'r moroedd yn well nag unrhyw un arall yn y byd."

Adeiladodd Mam a fi gestyll tywod ac aeth Dad i nofio yn y môr. (Roedd hi'n rhy oer i Owa.) Ro'n i wrthi'n adeiladu castell Caerffili o dywod pan ddaeth ton i mewn a chwalu waliau allanol y castell.

Trodd Mam a gweld bod y môr wedi amgylchu'r ogof lle'r oedd Bopa ac Owa yn cysgu.

"'Rargian fawr!" sgrechiodd Mam. "Maen nhw'n sownd yn yr ogof a'r llanw yn codi'n gyflym."

"Terry!" gwaeddodd Mam. "Dy fai di yw hyn i gyd."

Dihunodd Owa a Bopa a chwifio eu dillad yn yr awyr er mwyn denu sylw pobl.

Trwy lwc roedd gwarchodwyr y glannau yno. Bu bron y dim i'r bwyd gael ei gario allan gyda'r llanw. Diolch bod Dad yn nofiwr da ac iddo fachu'r picnic o grafangau'r môr.

Tyddewi

Ar ôl cinio roedd Bopa ac Owa yn falch o gael mynd i Dyddewi.

"Mae hon yn eglwys fach i gymharu â'n heglwysi ni," meddai Bopa wrth gyfeirio at y Gadeirlan.

"Ond dyw eich eglwysi chi ddim mor hen â hon," mynnodd Dad.

Sylwodd Mam ar rywbeth y tu ôl i'r rheiliau y tu allan i'r gadeirlan.

"Beth yn y byd?" gofynnodd Mam. "Ai ffôn symudol yw hi?"

40

Ond cyn i Dad allu ddweud "Naaaaaaaaaa", roedd Mam wedi rhoi ei phen rhwng dwy reilen.

Ceisiodd Mam rhyddhau ei hun yn dawel fach.

"Terry!" meddai hi'n dawel.

Roedd Mam ar ei phedwar erbyn hynny.

"Ie?" gofynnodd Dad.

"Terry, dw i'n sownd," meddai Mam. "Dy fai di ydy hyn i gyd!"

"O'r mawredd!" sgrechiodd Bopa. "Beth wyt ti wedi'i wneud?"

"Ust!" meddai Mam wrth Bopa. "Paid denu sylw."

Ond roedd Bopa yn neidio i fyny ac i lawr yn ei sgidiau Classic ac yn trio cael help i Mam.

"Gallet ti droi dy gorff?" gofynnodd Dad.

"Wrth gwrs na alla i droi fy nghorff," atebodd Mam yn grac. "Mae 'ngwddw i'n stiff a dw i eisiau dianc o'r fan hyn."

"Mae dy nicers yn dangos," meddai Owa wrth Mam.

Cymrodd e dri chwarter awr i'r dynion tân gael Mam yn rhydd o'r rheiliau.

"Ro'n i ag embaras mawr," meddai Mam wrth gerdded yn ôl i'r cerbyd gwersylla.

Cysgodd Dad yn sownd yn y babell y noson honno ar ôl gwneud *spaghetti Bolognese* i bawb. Helpais i olchi'r llestri. Roedd Owa a Bopa yn dangos eu dillad drudfawr i Mam.

"Dylet ti fod yn cael dillad fel hyn," meddai Bopa. "Maen nhw'n ddrud ond yn werth pob ceiniog."

Ochneidiodd Dad.

Dydd Mawrth

"Dau ddiwrnod ar ôl," meddai Dad o'i babell y bore trannoeth.

Roedd Owa'n darllen y newyddion ar ei dablet ac roedd Bopa'n lliwio'i hewinedd.

"Mae'n rhaid inni gael y cerbyd gwersylla yn ôl i'r swyddfa cyn pedwar o'r gloch," meddai Dad yn bryderus.

"Byddai'n braf galw ar Gastell Caerffili ar y ffordd," meddai Mam. "Dyw Dicsi ddim wedi gweld castell go iawn yn ei fyw."

Llwythodd Dad a finnau bopeth i'r cerbyd gwersylla a bant â ni i Gaerffili.

Roedd Owa yn chwarae gyda'r llyw ac yn codi'r brêc llaw yn uwch.

"Mae'r brêc llaw yn rhy lac, Terry," awgrymodd Owa. "Gall brêc llaw llac achosi damwain."

Tynnodd y brêc llaw hyd ei eithaf.

Ar ôl awr o gerdded o gwmpas y castell dychwelon ni i'r fan gwersylla.

"Hi ha!" meddai Bopa.

"Gwych!" meddai Owa. "Mae'r castell yn fach i gymharu gydag adeiladau yn America."

45

Eisteddon ni yn y fan. Trodd Dad yr injan.

"I'r garej!" meddai Mam.

"Hi! Ha!" meddai Owa.

"Hi! Ha!" meddai Bopa.

Ceisiodd Dad rhyddhau'r brêc llaw. Ond fedrai e ddim. Roedd Owa wedi ei dynnu i'r eithaf.

"Beth sy?" gofynnodd Owa.

"Mae'r brêc llaw yn sownd!" mynnodd Dad. "Fedrwn ni ddim symud. Mae'r brêc wedi cloi'r fan yn sownd."

"Nonsens!" meddai Owa. "Symuda allan o'r ffordd, Terry."

Ond fedrai Owa ddim symud y brêc llaw chwaith. Roedd wyneb Dad fel taran.

Daeth y Gwasanaeth Achub Ceir ymhen yr awr ond roedd yn rhy hwyr i gael y fan yn ôl mewn pryd i'r swyddfa. Bu raid i Dad dalu dirwy'r siop llogi cerbydau gwersylla'n llawn.

Dydd Mercher

"Dim ond diwrnod ar ôl a byddan nhw ar y ffordd i'r maes awyr ac yn ôl yn Tecsas," meddai Dad.

Roedd e'n hel syniadau yng nghanghennau'r goeden pen pella'r tŷ. Roedd Dad wedi gorfod gwrando ar Owa yn siarad am y cwrs golff gartref yn Nhecsas a'r bobl bwysig oedd yn chwarae arno.

*

Daeth Mrs Penny-Porthwr o gapel Calfaria i ddangos hen lun o Fam-gu a Thad-cu. Roedd hi'n gallu canu 'doh' uchaf. Y nodyn uchaf un. Llwyddodd hi i dorri gwydrau oedd gan Mam ar dop y seld yn ddeilchion.

47

Doedd dim diddordeb gyda Dad mewn chwarae golff. Amneidiodd i olchi'r llestri ac es i yno i'w helpu. Cafodd Owa a Bopa stecen yr un gyda salad a thaten bob i ginio. Trefnodd Mam y byddai Wini, capten menywod y clwb golff, i fynd ag Owa o gwmpas y deunaw twll tra aeth Mam a Bopa i siopa ar ôl cinio.

Daeth Owa a'i glybiau golff ei hunan draw rhag ofn y byddai'n gallu dysgu gwers neu ddwy i'r Cymry bondigrybwyll yma. Onid Americanwyr oedd y golffwyr gorau yn y byd? Onid oedd curo menyw o Gymraes yn mynd i fod yn hawdd iawn.

"Arhosa' i yn y tŷ 'te?" gofynnodd Dad.

"Nonsens," meddai Mam. "Bydd eisiau cadi ar Dicsi i fynd o gwmpas gydag e."

Roedd Wini yn wraig i'r Colonel Geophrey Saint-John Crook. Un benderfynol oedd hi ac roedd hi'n ffit iawn. Gorymdeithio nid cerdded byddai hi o gwmpas y cwrs golff.

"Dewch Mr Dicsi!" meddai Wini. "Peidiwch â llaesu dwylo. Ffwrdd â ni."

Dad oedd yn gorfod gwthio a thynnu'r gert glybiau.

49

"Pedwar!" gwaeddodd Owa.

Ar ôl tair awr o fwrw'r bêl, dringo'r bryniau a cherdded y lleiniau fedrai Owa ddim symud cam ymhellach.

Gwelodd bêl yn dod tuag ato o rywle ond fedrai ddim symud. Hoeliodd ei sylw arni yn hedfan i'w gyfeiriad. Roedd ei draed wedi eu sodro i'r ddaear.

"Gwylia, Mr Dicsi!" meddai Wini.

"Gwylia, Dicsi!" meddai Dad.

Gwyliodd Dicsi'r bêl a bwriodd honno Owa ar ei gorun.

Treuliodd Owa'r noson honno gyda bandej o gwmpas ei ben yn dweud y pethau rhyfeddaf.

"Dw i eisiau priodi parot," meddai Owa. "Chwiliwch am barot imi ei briodi."

"Dy fai dy ydy hyn i gyd, Terry," meddai Mam.

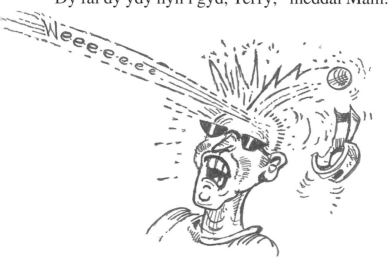

Roedd Mam a Bopa yn rhy ddagreuol i siarad. Fory oedd eu diwrnod olaf gyda'i gilydd.

"Mae'r wythnos wedi hedfan," meddai Dad yn hapus braf. "Popeth wedi pacio?"

Torrodd Mam i lefain. Torrodd Bopa i lefain yn uwch. Teimlodd Owa'r lwmp ar dop ei ben.

"Aw!" meddai.

Roedd Owa ar ei chweched bagiad o bys rhewllyd a rheini yn pwyso ar ei ben.

"Pys rhewllyd yw'r gorau i ostwng unrhyw chwydd," meddai Mam. "Maen nhw lawer yn well na moron neu ysgewyll Brwsel rhewllyd."

Dad helpodd Bopa i lenwi'r cesys a'r dillad a'r anrhegion roedden nhw wedi eu prynu i'r plant, eu hwyrion, eu cefndryd, eu cymdogion a'u ffrindiau.

"Pryd mae Twm Tacsi'n dod?" gofynnodd Dad.

"Hanner awr wedi naw yn y bore," atebodd Bopa.

"Dw i am briodi Twm Tacsi," meddai Owa.

"Ac fe gei di," atebodd Bopa wrth anwesu pen Owa.

"Aw!" sgrechiodd Owa. "Mae'n teimlo fel tasa'r Wyddfa ar dop fy mhen."

Daeth Mr Oppenheimer, ffermwr Pantglas i'n gweld. Garglwr oedd e. Garglodd e drwy Symphoni Cyntaf Beethoven – y rhannau pres a'r llinynnau.

Roedd hi'n mynd i fod yn noson dawel. Roedd tair awr ar ddeg gydag Owa a Bopa i dreulio yn yr awyren i Tecsas. Roedd gwên wyneb Dad wrth baratoi'r bwrdd. Hymiai 'Calon Lân' yn dawel wrth i'r selsig ffrio.

"Dyma'r swper olaf," meddai Dad.

"Paid â bod mor ddramatig, Terry," meddai Mam.

"Amser gwely," meddai Dad. "Gwell gosod y larwm."

"Hanner awr naw y bore mae Dicsi a Tricsi'n mynd!" meddai Mam. "Pwyll piau hi."

Gwell bod yn siŵr," meddai Dad. "Dydyn ni ddim eisiau unrhyw gymysgwch yn y bore. Does dim i'w rhwystro nhw rhag dal yr awyren."

Roedd Dad wedi adfywio'n llwyr. Roedd e ar ben ei ddigon. Chwibanai wrth ddringo'r grisiau.

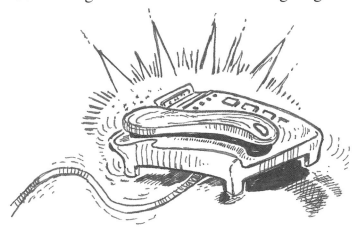

Dydd Iau

Canodd y ffôn yn gynnar iawn.

Roedd Bopa ac Owa yn pacio'r poteli bara lawr.

"Caerdydd tri, pedwar dau, saith, tri, pedwar," meddai Mam.

Mae llais ffôn Mam yn posh ofnadwy.

Cododd hi o'i sedd pan glywodd y llais y pen arall.

"Beth?" gofynnodd mewn llais uchel. "Wedi gohirio?"

"Beth sy'n bod?" gofynnodd Dad yn ofnus.

Roedd Dad yn canu drymiau gyda'r gyllell a'r fforc ar un o gesys Bopa ac Owa yn y cyntedd ar y pryd.

Dododd Mam y ffôn yn ôl yn ei grud.

"Y cwmni awyrennau!" meddai Mam.

Stopiodd Dad ganu'r drymiau.

"Beth sy'n bod?" gofynnodd Dad.

"Newyddion drwg mae arna' i ofn," meddai Mam. "Mae rhywbeth yn bod gyda'r awyren. Bore fory bydd awyren Tricsi a Dicsi yn hedfan, nid heddiw."

Aeth Dad yn wyn fel y galchen.

"Fory?" gofynnodd Dad yn anghrediniol. "Beth wnawn ni heddiw?"

"Beth am adael i Sharon benderfynu?" gofynnodd Bopa. "Mae diwrnod ychwanegol 'da ni."

"Hi! Ha!" meddai Owa. "Perffaith!"

Edrychodd pawb arna i.

Gwenodd pawb. Ochneidiodd Dad.

"Reit!" meddwn i.

A dyma beth ddigwyddodd.

10.00 Dal y bws i ganol Caerdydd.

"Y llawr uchaf!" meddwn i.

"Dw i erioed wedi bod ar y llawr uchaf mewn bws," meddai Owa yn hapus. "Dw i'n gallu gweld dros ben pawb a phopeth."

Cafodd Dad sgwrs gyda dyn â thwrban ar ei ben.

"O ble 'dach chi'n dod?" gofynnodd Dad.

"Pentwyn," atebodd y dyn. "Ces fy ngeni a'm magu ym Mhentwyn."

11.00 Ymuno â thwristiaid eraill am daith dywys o gwmpas Castell Caerdydd.

"Oedd yr Ifor Bach yma'n gorrach?" gofynnodd Bopa.

"Mae'r gargoel hwnnw yn f'atgoffa o rywun dw i'n ei nabod," meddai Mam.

Cafodd Dad drio'r medd roedd y Cymry yn yfed cyn mynd i frwydro yn erbyn y Saeson.

"Sdim ryfedd bod y Cymry wedi colli'r brwydrau, mae'r medd yn bwerus iawn," meddai Dad.

13.00 Cawson ni ginio yn fy hoff gaffi – Wally's. Mae bwyd y siop yma yn dod o bedwar ban byd a'r brechdanau yn swmpus.

Cafodd Mam selsig o'r Almaen a chafodd Owa olewydd o Roeg.

"Mae'r salad caws a'r bara ffres yn siwtio i'r dim," meddai Bopa.

14.00. Chwarae golff gwyllt.

Roedd Owa'n rhy ofnus i chwarae golff heb yn gyntaf gael het galed ar ei ben. Aethon ni i siop gwisg ffansi ac roedd yn rhaid i bawb ddewis het wahanol i'w wisgo.

Dewisodd Bopa het wrach, Owa het Lychlynnaidd, Mam het o Fietnam a Dad het glown. Dewisais i het ffes.

Doedd neb yn gallu cymryd y gêm o ddifrif yn gwisgo'r hetiau doniol. Doedd Dad ddim yn gallu bwrw'r bêl – roedd yn crio chwerthin.

15.00 Bad y bae

Dalion ni'r bad hir i Fae Caerdydd. Chwarddodd pobl ar y bad ar ein hetiau gwallgo'. Tynnodd Bopa lun ohono'i hun gyda phlismon go iawn.

"Byddai het plismon yn ddigon tal imi gwato fy lwmp," meddai Owa.

Doedd y swyddog tocynnau ddim wedi derbyn ein harian gan ei bod hi hefyd wedi chwerthin.

16.00 Canolfan y Mileniwm

Roeddwn i eisiau dangos honno i Bopa ac Owa achos roeddwn i wedi gweld sioeau ffantastig yno fy hunan.

Ond chredwch chi ddim, gwelais i rywun yn amneidio inni ddod i'r swyddfa docynnau.

"Ie?" gofynnodd Mam. "Sut alla i helpu?

Doeddwn i ddim yn gallu credu ein lwc. Roedd Cwmni Opera Cymru yn ymarfer *Hansel a Gretel*, a phawb yn eu gwisgoedd go iawn cyn y perfformiad y noson ganlynol. Roedden nhw'n chwilio am gynulleidfa.

"Be?" gwaeddais.

"Yn rhad ac am ddim?" gofynnodd Dad.

Roedd Dad wedi'i blesio'n fawr.

19.00 Pryd o fwyd Eidalaidd cyn dal y bws yn ôl i'r tŷ. Roedden ni wedi ymlâdd.

Dydd Gwener

Roedd y cesys wedi'u pacio'n barod. Roedd Mam yn ei dagrau unwaith eto.

"Dwy flynedd i aros imi dy weld di nesaf," llefodd Mam.

"Aiff hynny'n gyflym iawn," meddai Dad yn hapus fel y gog.

Coginiodd Dad frecwast llawn.

"Dim ond y mymryn lleiaf i mi," meddai Bopa. "Dw i'n rhy emosiynol."

Bwytaodd Bopa llond y plant o gig moch, wy, selsig ac ati i frecwast.

Roedd Twm Tacsi yn brydlon am hanner awr wedi naw. Roedd eisiau bod mewn da bryd i gyrraedd Maes Awyr Caerdydd. Doedd Owa na Bopa chwaith wedi disgwyl tyrfa o bobl i ffarwelio gyda nhw y tu allan i'r tŷ. Roedd trelar Twm Tacsi yn barod i dderbyn y clybiau golff a'r pethau ychwanegol a oedd i fynd yn ôl i America.

Roedd côr y capel yno i ffarwelio ac yn canu 'Calon Lân' degau o weithiau. (Dim ond 'Calon Lân' roedden nhw'n gwybod yn iawn). Caeodd Mam y drws. Aeth Bopa ac Owa yn ôl i America.

"Terry," meddai Mam pan ddaethon nhw yn ôl i'r tŷ. "Mae'r gegin yn edrych yn dila iawn."

"Beth wyt ti'n ei feddwl?" gofynnodd Dad. "Dim ond sbel yn ôl beintiais i'r gegin."

"Mae stêm y stof wedi pylu'r paent," atebodd Mam "Af i lawr i'r siop i weld a oes yna liw paent sy' at fy nant."

Edrychodd Dad yn anghrediniol arna i.

Canodd y ffôn o fewn awr. Roedd Mam yn y siop baent. Owa oedd yno.

"Ydych chi wedi anghofio rhywbeth?" gofynnodd Dad.

"Nac ydyn," atebodd Owa. "Ffonio i ddweud wrthych am edrych dan y glustog. Ry'n ni wedi gadael anrheg i chi."

Dododd Dad y ffôn yn ôl yn ei grud.

"Sharon," meddai. "Cer i weld beth sydd o dan y glustog yn stafell Bopa ac Owa."

"Mae'r dillad gwely yn y golch," meddwn i yn bryderus.

Trwy lwc doedd Mam ddim wedi troi'r peiriant golchi ymlaen eto. Roedd amlen yno, ond fedrwn ni mo'i hagor nes i Mam ddod yn ôl.

*

"Agora'r amlen," meddai Dad wrth Mam. "Mae Sharon a fi bron â marw eisiau gwybod beth sydd ynddi."

"Lwcus nad oeddwn i wedi golchi'r gobennydd," meddai Mam.

Agorodd Mam yr amlen.

Sgrechiodd Mam.

"Mae Dicsi a Tricsi wedi prynu tri thocyn ar yr awyren inni fynd atyn nhw i America y flwyddyn nesaf," meddai hi.

Suddodd calon Dad.

"O leiaf mae blwyddyn gyda ni i baratoi," meddwn i.

"Sbo," meddai Dad.

"Dw i wedi ffansïo top newydd yn Marks," meddai Mam. "Byddai'n ddelfrydol imi ei gwisgo yn America'r flwyddyn nesaf."